AF466972

L'HOTEL

DE

MADEMOISELLE DE CONDÉ

VIEILLES TRADITIONS ET RÉCENTS SOUVENIRS

PAR

Mlle CLARISSE BADER

EXTRAIT DE LA *REVUE DU MONDE CATHOLIQUE*

SOCIÉTÉ GÉNÉRALE DE LIBRAIRIE CATHOLIQUE

Ancienne Maison Victor PALMÉ, éditeur des Bollandistes

PARIS
VICTOR PALMÉ, DIRECTEUR GÉNÉRAL
76, rue des Saints-Pères, 76

BRUXELLES
J. ALBANEL, DIRECT. DE LA SUCCURS.
12, rue des Paroissiens, 12

GENÈVE
HENRI TREMBLEY, LIBRAIRE-ÉDITEUR

1882

(17)

L'HOTEL

DE

MADEMOISELLE DE CONDÉ

VIEILLES TRADITIONS ET RÉCENTS SOUVENIRS

PAR

MLLE CLARISSE BADER

EXTRAIT DE LA *REVUE DU MONDE CATHOLIQUE*

SOCIÉTÉ GÉNÉRALE DE LIBRAIRIE CATHOLIQUE

Ancienne Maison Victor PALMÉ, éditeur des Bollandistes

PARIS	BRUXELLES
VICTOR PALMÉ, DIRECTEUR GÉNÉRAL	J. ALBANEL, DIRECT. DE LA SUCCURS.
76, rue des Saints-Pères, 76	12, rue des Paroissiens, 12

GENÈVE

HENRI TREMBLEY, LIBRAIRE-ÉDITEUR

1882

L'HOTEL DE MADEMOISELLE DE CONDÉ

VIEILLES TRADITIONS ET RÉCENTS SOUVENIRS

A Madame la comtesse de Chambrun.

J'ai revu avec vous, chère comtesse, cet hôtel de Condé que vous allez habiter, et, pendant cette visite, nous aimions à faire revivre un noble et religieux passé. Dans ce passé il y avait pour nous des dates récentes, et l'une d'elles avait dans nos cœurs un douloureux retentissement...

Vous m'avez permis de recueillir les souvenirs qui peuplent votre hôtel, et qui nous assiégeaient en foule dimanche dernier, 2 octobre. Recommençons donc ensemble, par la pensée, notre pèlerinage. Mes impressions personnelles s'ajouteront aux traditions historiques.

I

MADEMOISELLE DE CONDÉ

Ce fut pour Louise-Adélaïde de Bourbon-Condé que l'hôtel que nous visitons fut construit à la fin du dix-huitième siècle, d'après les dessins du célèbre architecte Brongniart. Cet hôtel, situé rue de Monsieur, 12, s'élève au fond de ce faubourg Saint-Germain qui, par l'ancienneté, l'étendue de ses demeures, l'aspect silencieux et souvent désert de ses rues, les noms historiques de ses habitants, nous apparaît, au milieu du Paris nouveau, comme une relique de la vieille France.

L'hôtel de Mlle de Condé est d'un aspect élégant et simple. Le bâtiment principal se relie par deux ailes en retour au corps de logis qui donne dans la rue de Monsieur, et où se trouve la porte d'entrée. Avant 1871, la vaste cour d'honneur apparaissait aux regards dans la sévère nudité de ses quatre murs. Mais un coup de canon changea tout cela. Alors que les obus pleuvaient autour de nous, l'un de ces projectiles atteignit un mur de l'hôtel et découvrit un bas-relief. C'est un fait rare que celui d'un obus mettant au jour une sculpture. Jusqu'alors ces engins-là avaient la réputation de détruire plus d'œuvres d'art qu'ils n'en faisaient revivre. Quoi qu'il en soit, cette découverte en amena d'autres, et l'on vit ainsi se dessiner une véritable frise de bas-reliefs, dus au ciseau gracieux de Clodion, et représentant des amours qui domptent des bêtes féroces. Les Arméniens ignoraient complètement l'existence de ces bas-reliefs. Je suppose que ceux-ci avaient été masqués lorsque le noviciat du Sacré-Cœur s'était établi dans cette maison.

Derrière l'hôtel s'étend un parc, ou plutôt une pelouse encadrée d'arbres et de massifs de fleurs, et qui, grâce au goût intelligent des nouveaux propriétaires, n'est plus séparée du boulevard des Invalides que par une grille. Du boulevard on découvre ainsi la façade postérieure, dont le centre s'avance en rotonde et qui déploie ses lignes gracieuses au bout de la pelouse. Cette perspective est charmante.

Tout dans cette résidence respire une paix joyeuse, et cependant la jeune princesse qui l'habita la première y connut d'amères douleurs.

Rien de plus sympathique que la physionomie de Mlle de Condé, telle qu'elle nous apparaît dans une miniature du temps. M. Viollet a fait reproduire ce portrait dans l'intéressant ouvrage qui nous fait connaître Louise-Adélaïde : *Lettres intimes de Mlle de Condé à M. de la Gervaisais* (1786-1787) (1).

Dans cette miniature, Mlle de Condé répond bien réellement à cette épithète qui la désignait : *la déesse blanche à face ronde.* Son opulente chevelure retombe en boucles sur un front pur et sur des épaules chastement enveloppées d'un fichu Marie-Antoinette, qu'un bouquet de fleurs attache sur la poitrine. Par le galbe arrondi du visage, par la délicatesse des traits, par la candeur de l'expression, cette figure aurait quelque chose d'enfantin, si la tendre et lumineuse profondeur du regard, la finesse enjouée du sourire, ne trahissaient la femme qui sait penser, aimer, se dévouer ; la femme qui aujourd'hui sait être heureuse, et qui demain saura

(1) Avec une préface de Ballanche, une introduction et des notes par Paul Viollet. Troisième édition, ornée de deux portraits et accompagnée d'un fac-simile. Paris, Didier, 1878.

souffrir. Mais ne disons rien de son âme, qui se reflète d'ailleurs dans son visage comme dans un pur miroir. Cette âme se révélera d'elle-même dans le cours de ce récit.

A la suite d'un accident, Mlle de Condé avait été envoyée aux eaux de Bourbon-l'Archambault. Elle y allait pour la seconde fois, lorsque, en 1786, elle y rencontra un jeune gentilhomme breton, qui fut présenté à son père et à elle : c'était le marquis de la Gervaisais, officier des carabiniers de Monsieur.

La princesse avait vingt-huit ans. M. de la Gervaisais en avait vingt. Mais le jeune Breton, morose, méditatif, dépourvu des grâces de l'homme de cour, philosophe imbu des doctrines de l'époque, avait déjà cette maturité d'esprit, cette intuition en quelque sorte prophétique (1), qui eussent fait de lui un homme de génie, si la lumière de la raison n'avait été trop souvent obscurcie dans son esprit par les nuages de la rêverie.

Ce fut avec joie qu'un tel homme remarqua chez la princesse le dédain des honneurs, le mépris des vanités humaines. La philosophie du gentilhomme libéral rencontrant ici le christianisme de Mlle de Condé, M. de la Gervaisais fut touché. Cette âme austère qui n'avait jamais su aimer et qui regardait les affections de famille comme des préjugés, se donna tout entière à Louise-Adélaïde. Pendant quarante-cinq jours, les jeunes gens purent se voir, échanger leurs pensées. Ils se séparèrent avec douleur; ils ne devaient plus se revoir.

Mlle de Condé regagna tristement Paris. Il lui fallut comprimer son chagrin jusqu'au moment où, arrivée dans son hôtel de la rue de Monsieur, elle put s'abandonner à ses larmes.

Une correspondance s'était établie entre la princesse et le jeune officier. Le prince de Condé ne l'ignorait pas. Tendrement attaché à sa fille, qui l'appelait *le bon* en écrivant à M. de la Gervaisais, le prince comprit ce que lui réservait de peines une affection sans issue : une princesse du sang ne pouvait épouser un simple gentilhomme. Le père aurait dû, dès lors, avertir sérieusement sa fille. Mais dans le milieu frivole où il vivait, il ne trouvait malheureusement pas l'inspiration de cette prudence, et, la faiblesse paternelle aidant, il ne savait que s'attendrir aux larmes de son enfant, et

(1) M. Damas-Hinard a apprécié M. de la Gervaisais sous ce titre : *Un Prophète inconnu.*

même, par une coupable imprudence, chercher les moyens de lui faire revoir celui dont elle pleurait l'absence.

Sans doute, mieux que personne, il connaissait l'admirable pureté de sa fille. Mais ce ne fut que plus tard qu'il comprit que faire venir à Paris le jeune officier, c'était tout au moins compromettre la réputation de la princesse. Sa fille l'avait alors compris plus tôt que lui.

Dans les premiers mois de cette correspondance, Mlle de Condé ne voit pas encore le péril : l'amitié qu'elle ressent et qu'elle inspire est si pure! « L'âme n'a point de sexe, de même qu'elle n'a point d'âge. » Est-ce Louise-Adélaïde ou est-ce M. de la Gervaisais qui a dit ce mot si profond et si juste?

La princesse ne distingue même pas bien cette amitié de l'amour fraternel si tendre qui l'unit à son frère le duc de Bourbon, celui qu'elle nomme familièrement *le petit*, bien qu'il fût plus âgé qu'elle. Lui aussi avait deviné les sentiments de sa sœur pour le marquis de la Gervaisais. Mais plus prudent que son père, malgré sa légèreté, il n'aborda jamais ce sujet avec la princesse. Un jour cependant elle comprit qu'il savait tout. Laissons-la raconter elle-même à M. de la Gervaisais la scène touchante qui se passa, ce jour-là, rue de Monsieur. Le prince était accompagné de son fils, ce jeune duc d'Enghien en qui Mlle de Condé chérissait encore son frère, et qui, victime héroïque, ne devait échapper à la hache révolutionnaire que pour tomber sous les balles de l'assassinat.

« *Le petit* ne m'a pas prononcé votre nom depuis mon retour : il ne m'est jamais entré dans la tête que ce fût par indifférence; je ne savais trop à quoi attribuer ce silence; j'ai craint que vous ne lui eussiez pas plu, et j'ai observé le même silence que lui. Depuis huit ou dix jours je suis parfaitement sûre que c'est son amitié qui le fait agir; il était chez moi et polissonnait avec son fils;... je regardais les jeux assez tristement : *le petit* s'en est aperçu, s'est approché de moi, m'a fixée, a pris mes mains, et les a serrées en m'embrassant vivement, et j'ai vu ses yeux rougir, les miens se sont remplis de larmes, je me suis sauvée dans un cabinet pour me remettre de l'émotion que je venais d'éprouver; si nous avions été seuls, je crois que je n'y aurais pas tenu. Mon ami, ma tendresse pour vous, celle du *petit* pour moi, la mienne pour lui, tout cela fut à la fois senti bien vivement; mon pauvre cœur en était suffoqué : je le vois bien, mon ami, *le petit* pense ce que *le bon* me disait un jour, que mon sentiment me rendrait malheureuse, d'après nos positions différentes, et il croit travailler à mon bonheur en ne m'en parlant pas; comme si de garder le silence sur son ami faisait quelque chose à la tendresse qu'on a pour lui! »

Les larmes de la séparation sont les seules que connaisse alors Mlle de Condé; et la seule crainte qui la trouble, c'est la pensée qu'un jour viendra où elle ne sera plus aimée peut-être. Mais au-dessus de tout, plane la sécurité d'une affection partagée. La princesse est plus heureuse encore du bonheur qu'elle donne que de celui qu'elle reçoit. Elle exprime tous ces sentiments avec une délicieuse naïveté dans ces lettres où respirent la tendresse, la douceur, la charité, l'humilité, la méfiance de soi-même, l'indulgence pour le prochain, et avec tout cela la grâce enjouée des Bourbons, l'exquis bon sens français et la vertu qui s'appuie sur Dieu. Mais deux traits surtout distinguent ces lettres, et ce sont les mêmes qui caractérisent au physique Louise-Adélaïde : la candeur, la bonté, la bonté à laquelle elle doit son surnom : *la bonne* (1). S'il nous fallait trouver un défaut dans cette correspondance, ce serait l'excès de l'humilité. A mon gré, Mlle de Condé se fait trop petite devant ce jeune officier. Je la voudrais moins passive. Mais n'est-ce pas encore une délicatesse de cœur, qui lui dit que, princesse du sang, elle doit faire oublier à son ami, par cet excès même de soumission, l'infranchissable distance qui l'éloigne d'elle? Tout humble qu'elle est devant lui cependant, elle sait le conseiller avec tendresse. Elle fait fondre la glace qui le séparait de son père; elle lui reproche avec une bonté

(1) Dans les *Mémoires de la baronne d'Oberkirch*, publiés par son petit-fils, M. le comte de Montbrison, je lis les lignes suivantes : « J'eus l'honneur de recevoir chez moi Mlle de Condé. Cette princesse est d'une bonté dont rien ne peut donner l'idée. Son esprit est orné et plein de saillies. Elle ne veut absolument pas se marier. Mme la duchesse de Bourbon assure qu'elle aime quelqu'un, que ce quelqu'un n'est pas de race royale, et qu'elle se mettra au couvent, pure et sainte comme elle est, plutôt que de donner sa main sans son cœur. Je ne sais ce qu'il y a de vrai, mais le visage de Son Altesse sérénissime montre une tristesse habituelle, ou plutôt une mélancolie invincible. » Mme d'Oberkirch écrit cela à la date du 16 février 1786, et Mlle de Condé ne connut M. de la Gervaisais qu'au mois de juin suivant. Il est évident que la spirituelle baronne, qui ne rédigea définitivement ses *Mémoires* que quelques années plus tard, a rattaché au souvenir de la visite que lui fit la princesse des impressions postérieures à la date de cette visite. En 1784, Mme d'Oberkirch dépeignait la royale beauté de la princesse, cette « sérénité d'âme et de regard » qui révèle « une créature privilégiée de Dieu »: « C'est un front à porter une couronne ou *un voile de religieuse!* »

enjouée une scène qu'il a eue avec sa sœur. Elle ne veut même pas qu'il se laisse absorber par l'affection qu'elle lui inspire : elle l'exhorte à occuper son esprit, qui retombe trop lourdement sur son cœur pour en disséquer les sentiments, pour se créer ainsi des tourments imaginaires dont elle reçoit le contre-coup. Si elle devait bientôt mourir, elle souhaiterait qu'il se consolât par le bien qu'il ferait aux malheureux. Elle cherche à lui rendre la foi qu'il a perdue. Pour répondre aux objections qu'il oppose à l'existence de Dieu, à l'action de la Providence ; pour dépeindre la puissance de la prière, la générosité du sacrifice chrétien, sa parole, d'ordinaire si timide, revêt un caractère de force qui fait déjà pressentir en Mlle de Condé la mère Marie-Joseph de la Miséricorde. Déjà Louise-Adélaïde sait que son ami apprend à prier en priant pour elle, et elle continue son apostolat avec cette prudence, cette délicatesse, que n'ont pas toujours les femmes en pareille matière.

Cette âme comprend le sacrifice. Elle se sent capable d'immoler son bonheur à celui qu'elle aime. S'il devait trop souffrir d'une tendresse sans espoir, elle aimerait mieux son indifférence : elle trouverait de la consolation à le sentir heureux. Elle sait qu'un jour il a regardé avec tristesse de petits enfants et qu'il a rêvé au bonheur de la paternité. Elle n'a pas attendu cela pour lui dire que s'il devait trouver le bonheur dans son mariage avec une autre femme, elle se sacrifierait. C'est en pleurant qu'elle le dit ; mais elle le ferait. « Ce n'est point sublime », répond-elle à M. de la Gervaisais, qui, sans doute, avait ainsi qualifié ce sentiment. « Ce n'est point sublime, mon ami ; c'est tendre, bien tendre... Il y a des sacrifices bien cruels : quand on aime.... on les fait ; je ne sais pas si on les supporte. » Elle ne demanderait alors que la deuxième place dans le cœur de son ami ; elle ne voudrait pas de la première, car il serait malheureux.

Qu'elle avait bien raison, celle qui se rendait à elle-même ce touchant témoignage : « Oh ! vraiment, j'ai un cœur qui sait bien aimer, c'est vrai cela ! »

Mais pour donner elle-même à M. de la Gervaisais le bonheur du mariage, Mlle de Condé, *la craintive bonne*, comme elle se surnommait volontiers, ne songera pas à braver les obstacles qui s'opposent à cette union. Le roi lui-même n'aurait pu lui accorder cette permission. Qu'on se souvienne de Louis XIV, le monarque omnipotent, qui ne peut maintenir son acquiescement au mariage de la grande Mademoiselle avec M. de Lauzun, et qui ne sait plus que mêler ses larmes à celles de sa cousine. D'ailleurs Mlle de Condé aussi partage ces préjugés. Elle en souffre, mais elle y demeure fidèle. La princesse ne peut que regretter qu'une plus humble condition n'ait pas été son lot. Plus d'une fois elle s'écrie : « Oh ! les petites maisons des vignes ! » Et elle rêve au bonheur qu'elle y eût éprouvé avec l'époux, l'ami, pour lequel il lui eût été si doux de vivre uniquement, attentive à prévenir ses moindres désirs.

Mais voici que Louise-Adélaïde va être au comble de ses vœux. Elle a l'espoir de voir bientôt à Paris M. de la Gervaisais. Elle-même l'y appelle. Et lorsque l'heure de la réunion approche, Mlle de Condé apprend que le bruit de sa liaison s'est répandu dans un monde si peu capable de croire aux seules tendresses de l'âme. Elle prend peur. Le moment qu'elle attendait avec une joie si pure, ne lui inspire plus que de l'effroi. Ses lettres deviennent plus rares, plus contenues. Le marquis de la Gervaisais s'irrite de cette apparente froideur. Il est à Paris alors. Elle doit l'y recevoir à son retour de Chantilly, et... au moment de revenir à Paris, elle lui écrit après un mois de silence pour le supplier de partir avant son arrivée. Ces luttes la brisent. Elle est malade. Mais M. de la Gervaisais se montre digne d'elle. Il s'éloigne. Lorsqu'elle revient à Paris, il n'y est plus. De nouveaux combats sont réservés à la princesse. Jusqu'alors elle n'a craint que les bruits du monde; maintenant elle se craint elle-même. Des scrupules qui lui étaient inconnus auparavant, troublent son âme limpide. Sa vie est déchirée par une lutte sans merci.

« O mon ami, j'ai réfléchi à notre liaison : moins de trois semaines ont suffi pour la former; en un instant nous n'avons plus, pour ainsi dire, vu que nous dans le monde, et nous nous sommes dit : C'est de l'amitié; de l'amitié? Oh ! j'ai été aveugle, bien aveugle; mais j'ai descendu dans le fond de mon cœur, je l'ai scruté; en le connaissant bien, je crois connaître le vôtre : tous deux sont loin, j'en conviens, de penser à profaner les sentiments qu'ils éprouvent l'un pour l'autre jusqu'à ce moment, ils ont été purs : ces sentiments... mais si jamais... Oh ! non, non ! je ne puis supporter l'idée de m'exposer, même dans un temps éloigné, à ce que je crains le plus au monde. »

Mlle de Condé dit alors à M. de la Gervaisais ce qui l'a surtout déterminé à prendre une résolution : c'est la confidence d'une femme, d'une femme qui, elle aussi, a donné son cœur à une belle et pure amitié, et qui en a entrevu le danger. Mais écoutons ici Mlle de Condé.

« Quand cette femme m'a conté tout cela, et qu'elle a ajouté : Vous êtes bien heureuse, vous, vous ne connaissez pas tout cela! oh! comme mon cœur s'est gonflé! j'ai été un moment sans pouvoir parler; ensuite elle m'a demandé des conseils. Des conseils à moi! me suis-je dit intérieurement, à moi qui suis dans la position où elle-même a été plus de deux ans, et qui m'expose à la voir changer comme la sienne : cependant il fallait répondre; j'ai tâché de ne plus penser à moi, de ne voir qu'elle, et de me laisser aller à l'impulsion de ma raison et de ma conscience; l'une et l'autre m'ont dicté de lui conseiller à peu près ce que je fais aujourd'hui pour vous. Profitez d'un moment de force, lui ai-je dit, et craignez tous ceux où la faiblesse pourrait avoir le dessus; on peut faire des sacrifices à ce qu'on aime, mais jamais celui de son devoir; au contraire, c'est au devoir seul qu'il faut tout immoler. Après avoir parlé comme cela à cette femme, je me suis dit les mêmes choses... »

Voilà ce que Mlle de Condé écrit à M. de la Gervaisais, en lui disant adieu pour la dernière fois... « Depuis longtemps je le demande à mon Dieu, ce courage; ce n'est qu'aujourd'hui qu'il me l'accorde. » Dans la cruelle épreuve qui broie son cœur, elle bénit encore la volonté de Dieu.

« Oh! ne me haïssez pas! mais ne m'aimez plus; ne pensez guère à moi, si cela peut troubler votre vie : c'est votre *bonne* qui vous en conjure. Mais que penseriez-vous d'elle si elle agissait contre le cri de sa conscience? est-ce que vous l'estimeriez? Tant que cette conscience ne m'a rien dit, j'ai suivi le penchant irrésistible qui m'attachait à vous; elle me parle maintenant, et me parle avec force; mon devoir est de l'écouter et de lui sacrifier jusqu'à mon bonheur : mon bonheur! et en est-il quand on a des remords? Oh! non, c'est un tourment inexprimable que de se faire des reproches à soi-même. »

Elle n'attend plus de lui qu'une lettre, la dernière de toutes. Si cette lettre ne doit pas achever de briser son cœur, elle supplie M. de la Gervaisais de le lui faire savoir par une *petite croix* tracée sur l'enveloppe.

« Adieu, adieu, mon ami; votre réponse terminera notre correspondance, il le faut : si vous saviez combien j'ai désiré de mourir depuis que je vous ai écrit!... Cependant, le croiriez-vous? je suis soulagée de vous avoir écrit tout ceci; quelque malheureux qu'on soit, remplir ce que l'on croit être son devoir, fait toujours du bien à l'âme oppressée... Adieu encore une fois, mon ami : on peut changer de conduite quand on a du courage; changer son cœur, j'ignore si cela est possible. »

Mlle de Condé exprime cette dernière pensée d'une manière plus émouvante encore, en écrivant à l'oncle du jeune marquis : « Les cœurs peuvent-ils changer? je ne le crois pas, ils ne dépendent pas de nous; et quand ils en dépendraient! Mais les actions, la conduite, voilà ce dont on peut être le maître, et ce qu'il faut que la raison et le devoir gouvernent entièrement. »

Et dans cette même lettre se trouvent plus haut ces paroles si touchantes : « Dites-lui, non pas que je serai heureuse, il ne le croit rait pas; mais que l'idée d'avoir rempli mon devoir sera toujours une consolation extrême pour moi... Au reste, qui est-ce qui connaît le bonheur sur la terre?... et cependant je ne puis me détacher de souhaiter qu'il existe pour *lui*, au moins qu'il en puisse trouver l'apparence, si véritablement la réalité ne peut exister. Que sa famille s'en occupe : il vous aime, Monsieur, vous pouvez beaucoup sur lui; une femme, des enfants, voilà ce qui pourrait, je crois, l'attacher, l'occuper, l'intéresser. Une femme! ah! qu'il la choisisse *bonne* et *douce*, ce sont les qualités qui lui plaisent : *bonne* et *douce;* et il l'aimera, et il trouvera des moments de bonheur : par pitié, qu'on ne m'ôte pas cette idée douce à mon cœur. »

En lisant les dernières lettres de Mlle de Condé, on sent qu'elle redevient peu à peu maîtresse d'elle-même. Ce n'est plus l'humble langage d'une femme qui s'incline devant l'homme aimé; c'est la parole, aussi ferme que tendre, de la chrétienne qui retrempe sa force à une source divine.

Quelques-unes des lettres de Mlle de Condé ont été écrites à Chantilly, mais la plupart sont parties de l'hôtel de la rue de Monsieur. Elle avait envoyé à M. de la Gervaisais le plan de son *cabinet bleu*. Elle lui avait indiqué au-dessus du secrétaire le portrait de sa mère, qu'elle n'avait pas connue; au-dessus de la commode, le portrait de son bien-aimé frère, le *petit*. Elle parle même dans ses lettres du jardin où elle se promenait pour obéir à son ami, bien que ce joli parc lui parût un peu petit, habituée qu'elle était aux longues et verdoyantes perspectives de Chantilly.

Dans cet hôtel que remplit son souvenir, elle aima, elle pria, elle pleura, elle soutint contre elle-même des luttes héroïques, elle se prépara enfin à cette vie religieuse qui avait déjà souri à ses jeunes années. Mais ce ne fut pas immédiatement après sa rupture avec M. de la Gervaisais qu'elle entra dans le cloître. Comme le fait remarquer M. Viollet, elle offrit à Dieu non un cœur tout plein d'une tendresse humaine, mais un cœur qui avait consommé jusque dans ses dernières profondeurs l'immolation de son amour : ce cœur était digne d'être un holocauste. « Tout refus à la nature me semble un don offert à Dieu », dira-t-elle un jour.

La révolution arracha Mlle de Condé à sa demeure. Pour elle, les chemins de l'exil devinrent les voies par lesquelles elle cherchait un cloître qui répondît à son austère vocation. A cette époque, elle connut particulièrement cette maladie de l'âme qu'on appelle le scrupule. Elle se reprocha ce noble et chaste amour dont elle n'avait jamais eu à rougir ; mais sa conscience protestait contre ce scrupule et lui arrachait ce mot adorable : « Je ne sais quels sont les sentiments que Dieu permet ou défend à ses anges, parce que je ne suis pas un de ces êtres célestes... »

Mais il nous faut quitter ici Mlle de Condé. Louise-Adélaïde seule appartient à l'hôtel de la rue de Monsieur. La mère Marie-Joseph de la Miséricorde n'a pas vécu dans son ancienne demeure. C'est chez les Bénédictines de l'Adoration perpétuelle, instituées par elle, qu'il faut désormais la chercher. C'est là que mourut, en 1824, cette sainte femme qui ne connut d'autres remords que les souvenirs d'un cœur aussi pur que tendre ; cette vaillante fille des Condés qui, sous l'habit monastique, gardait un certain faible pour les boulets de canon ; cette ferme chrétienne qui eut le courage de tous les sacrifices. De même qu'elle aurait immolé son bonheur à l'amitié, elle immola cette amitié au devoir. Elle fit plus, elle immola à la charité chrétienne le plus juste ressentiment qui fût jamais : du jour où elle apprit l'assassinat de son bien-aimé neveu, le duc d'Enghien, elle pria chaque jour, jusqu'à sa mort... pour le meurtrier ! Elle avait consommé tous les sacrifices lorsqu'elle se donna tout entière à Dieu ; et à l'heure où le divin Époux la rappela à lui, cette âme ne tenait plus à la terre que pour y faire rayonner un coin du ciel.

« Ne pleurons plus : la mortelle achève de mourir ; la sainte commence à vivre », écrivait alors un inconnu. C'était le marquis de la Gervaisais, demeuré fidèle au premier souvenir de sa vie, et qui avait eu l'héroïque courage de se tenir éloigné de la princesse depuis leurs suprêmes adieux. Il ne lui écrivit qu'une fois : c'était pour la prémunir contre un danger qui approchait et que son intuition prophétique lui faisait découvrir : le retour de l'île d'Elbe. La mère Marie-Joseph de la Miséricorde demeurait alors tout près de son ancien hôtel, dans un petit pavillon dépendant de la résidence de sa belle-sœur, la duchesse de Bourbon (1). Avec une autre religieuse elle avait fait de ce pavillon une maison de prière. Ce fut là qu'elle reçut la lettre du marquis de la Gervaisais. Elle dut reconnaître l'écriture, qu'elle n'avait pas revue depuis vingt-huit ans... La lettre paraît avoir été brûlée sans avoir été lue (2).

Le marquis de la Gervaisais mourut en 1838. Il était revenu au Dieu de Louise-Adélaïde et de la mère Marie-Joseph de la Miséricorde : sa fin fut celle d'un chrétien.

Par une touchante coïncidence, lorsque les Bénédictines furent expropriées de cet enclos du Temple où, dans une pensée d'expiation, elles unissaient perpétuellement leurs prières et leurs pénitences au martyre de la famille royale, — elles allèrent s'établir dans une dépendance de l'hôtel de Mlle de Condé. C'est là qu'elles apportèrent le corps de leur fondatrice. Pendant que l'âme bienheureuse de la mère Marie-Joseph de la Miséricorde jouit de l'éternelle récompense, ses cendres reposent à l'ombre de la demeure où la généreuse émule de Louise de la Fayette et de Marthe du Vigean s'éleva des plus chastes affections humaines à ce divin amour qui les animait déjà, mais qui ne voulait plus de partage.

II

Mme BARAT ET LE NOVICIAT DU SACRÉ-CŒUR

En 1836, le possesseur de l'hôtel de Mlle de Condé était le marquis Théodore de Nicolay. Ce généreux ami du Sacré-Cœur, qui, en 1830, reçut la vénérable mère Barat dans son château de Givi-

(1) Rue de Varennes, n° 57 actuel. Cet hôtel, qui a appartenu tour à tour à Mme Adélaïde, sœur du roi Louis-Philippe, et à M. le duc de Galliera, est aujourd'hui la propriété de Mgr le comte de Paris. Le petit pavillon qu'habita la mère Marie-Joseph est probablement celui qui donne dans la rue de Babylone. Cf. M. Viollet, *ouvrage cité*.

(2) Introduction de M. Paul Viollet aux *Lettres intimes de Mlle de Condé à M. de la Gervaisais*.

siers, près de Fribourg, et qui lui donna jusqu'à ses filles ; ce gentilhomme si chevaleresque et si chrétien permit que la sainte fondatrice des Dames du Sacré-Cœur installât le noviciat dans son hôtel. Nous aimons à penser qu'une sainte a recueilli dans cette maison le pieux souvenir de Mlle de Condé.

« Les ailes de la maison », dit M. l'abbé Baunard dans sa belle *Histoire de Mme Barat*, « étaient distribuées en une série de cellules, comme un couvent : ce qui faisait dire au P. Varin », — l'ardent apôtre de l'ordre, — « que Dieu, le grand architecte, avait bâti cette maison pour le noviciat. » La chapelle était au centre, dans une belle rotonde avançant sur le jardin. « Nous jouissons en ce lieu d'une solitude parfaite au milieu de Paris, » écrivait naguère la Mère générale à M. le marquis de Nicolay. « La régularité, la paix, et, par suite, le bonheur, sont le partage de notre jeune famille. Après Dieu, Monsieur, c'est à vous que nous le devons. Je ne puis l'oublier ; et lorsque je vois cette troupe de vierges ferventes agenouillées dans cette chapelle solitaire, comment ma reconnaissance ne se porterait-elle pas vers l'auteur de ce bien, et ne prierais-je pas pour lui avec effusion de cœur ? »

« J'ai fait mon noviciat dans la rue de Monsieur », dit une religieuse, « pendant que notre Révérende Mère y résidait. Heureuse de partager la vie de ses novices, elle venait présider nos goûters, nos congés, nos récréations. Sa présence, son air de douceur, ses paroles affectueuses, dilataient, grandissaient nos cœurs. Groupées autour d'elle, nous admirions, en l'écoutant, sa foi vive, son humilité, son amour de la vie cachée, son abandon à la divine Providence, son grand désir de propager la gloire du divin Cœur. Ces heures étaient trop courtes, et le souvenir ne s'en effacera jamais. »

« C'était souvent dans le jardin que Mme Barat réunissait ses filles, » continue M. l'abbé Baunard. « Dès qu'elle apparaissait sur le perron circulaire qui regarde le boulevard, le *troupeau blanc*, comme elle l'appelait, s'étageait à ses pieds, sur les marches de pierre, afin de l'écouter. Là, les unes étant assises, les autres à genoux, on entamait au hasard divers sujets, qui tous aboutissaient finalement à Dieu, comme tous les fleuves finissent par tomber dans l'Océan...

« Les leçons spirituelles de Mme Barat se résumaient en trois paroles : l'oubli de soi, l'amour de Dieu et le zèle des âmes. Un cœur de juge pour soi-même, un cœur d'enfant pour Dieu, un cœur de mère pour le prochain : voilà ce qu'elle désirait trouver en ses novices. »

Mais l'hôtel de la rue de Monsieur, quelque recueilli qu'il fût, n'était pas assez simple au gré de Mme Barat. En 1842, le noviciat fut transféré à Conflans; et le 29 mars, Mgr Angebault, évêque nommé d'Angers, célébra la dernière messe qui fut dite dans la rotonde de l'hôtel. « Jésus le bon Pasteur quitte aujourd'hui ce bercail pour en établir un autre », dit le prélat au petit *troupeau blanc :* « suivez-le où il ira (1) !... »

III

LES RR. PP. MÉKHITARISTES ET LE COLLÈGE ARMÉNIEN

En 1846, l'hôtel de la rue de Monsieur devint la propriété du collège arménien qui, fondé à Padoue en 1833, était transféré à Paris. Ce collège se nommait Samuel-Moorat, du nom de son fondateur, opulent et généreux Arménien des Indes.

L'établissement était dirigé par des moines appartenant à l'ordre arménien que fonda, avec l'approbation du pape Clément XI, Mékhitar, le grand Vartabied (docteur), qui rendit aux successeurs de saint Pierre de nombreux enfants de son pays. Ce fut d'abord à Modon, en Morée, que s'éleva le couvent des Mékhitaristes; mais l'invasion turque obligea les moines et leur abbé à se réfugier à Venise, dans l'île de Saint-Lazare, ancienne maladrerie que leur concéda, en 1717, le sénat de cette ville.

Les moines du couvent de Saint-Lazare, perpétuant l'œuvre de Mékhitar, exhument les manuscrits arméniens (2), les éditent à l'aide de leur admirable imprimerie (3), les font traduire dans les langues européennes, et reproduisent dans leur propre idiome les

(1) *Histoire de la Vénérable Mère Madeleine-Sophie Barat*, fondatrice de la Société du Sacré-Cœur de Jésus, par M. l'abbé Baunard, chanoine honoraire d'Orléans, docteur en théologie, docteur ès lettres, etc. 4e édition, t. II. Paris, Poussielgue, 1879.

(2) Il existe des versions arméniennes et syriaques d'*ouvrages historiques grecs dont les originaux sont perdus*. M. Victor Langlois, le savant arméniste, a publié, dans la *Bibliothèque grecque* Didot, une traduction française de ces précieux documents. Il y travaillait surtout au collège arménien.

(3) A l'Exposition universelle de Paris, en 1855, l'imprimerie de Saint-Lazare fut classée au troisième rang, après les imprimeries impériales de Paris et de Vienne.

chefs-d'œuvre des littératures occidentales. En évoquant les traditions historiques et poétiques de l'Arménie, ils lui rappellent que les enfants de Haïg (1) surent combattre pour l'honneur de leur pays, et mourir pour la défense de leur foi; et ils font aimer, même à l'étranger, cette littérature où l'imagination riche et colorée de l'Orient est contenue par la mesure du génie grec, et vivifiée par la foi sainte du christianisme. Enfin, en initiant leur patrie à la vie intellectuelle de l'Europe, ils lui apprennent qu'elle doit chercher aussi bien dans les lumières de l'Occident que dans les souvenirs de son passé le secret de son avenir.

A Paris, le collège Moorat, administré par l'abbé général des Mékhitaristes, recevait de jeunes Arméniens, qui après y avoir reçu une éducation nationale, imprégnée toutefois de l'influence française, allaient le plus souvent appliquer dans l'empire ottoman les généreux principes de la civilisation chrétienne, et contribuaient ainsi à étendre la suprématie de notre pays en Orient.

La veille de Noël, la veille de Pâques, les Pères nous conviaient à la messe solennelle qui se célébrait à *quatre heures du soir* dans une chapelle qu'ils avaient fait construire. Les vêtements des prêtres, leurs longues barbes, l'ordre mystérieux des cérémonies, le rythme étrange des chants, tout rappelait ici l'Orient, et cependant nous étions dans l'Église latine. Vous aussi, chère comtesse, vous assistiez à ces fêtes religieuses, sans prévoir qu'un jour cette chapelle vous appartiendrait. Vous ne vous douteriez jamais qu'à l'issue d'une de ces messes, il m'arriva une fois de donner, même à des prêtres, à des prêtres français... la communion blanche! Rien de plus vrai cependant. Les bons Pères avaient eu la gracieuse pensée de faire distribuer à leurs invités des *agnus* en pain d'hostie. De jeunes lévites, debout au pied de l'autel, les présentaient aux assistants, qui se pressaient autour d'eux pour les recevoir. Comme je me trouvais tout près de l'autel, les personnes que la foule empêchait d'avancer, me priaient de leur passer de ces eulogies; et c'est ainsi que je pus en offrir à des prêtres, qui souriaient en recevant d'une jeune fille ce qui leur appartenait de lui donner eux-mêmes. Voilà, Madame la comtesse, comment j'ai officié un jour dans votre jolie chapelle.

(1) Haïg, descendant de Japhet, est le père de la nation arménienne. Les étrangers seuls donnent à celle-ci le nom d'Arménie. Un des noms que ce peuple donne à son territoire est *pays de Haïg*.

Les distributions de prix avaient lieu dans cette rotonde qui avait servi de chapelle au noviciat du Sacré-Cœur. C'était généralement l'ambassadeur de la Sublime Porte qui présidait cette fête. Il y avait dans cette solennité un charme étrange et émouvant. Les témoignages de courtoisie échangés entre l'ambassadeur musulman et les moines catholiques ; le discours qu'un des directeurs du collège, le P. Grégoris Mergian, lui adressait dans notre langue, qu'il maniait avec une véritable éloquence, tout se ressentait du souffle chrétien que l'on respirait dans cette pieuse maison. Ce n'est pas sans émotion que, dans l'une de ces fêtes, j'entendais le disciple de Mahomet, le prophète de la fatalité, exhorter les jeunes chrétiens à progresser sous le regard de Dieu dans les voies de la civilisation. A ce moment, je rêvais au jour où l'Évangile remplacerait le Coran.

L'impression produite par cette scène redoublait quand, à l'appel de leurs noms et au bruit des fanfares militaires, les lauréats s'approchaient du représentant de leur souverain, pliaient le genou pendant qu'il les couronnait, et baisaient la main qu'il leur tendait. En se souvenant de ce que le fanatisme musulman avait fait récemment souffrir aux pères des jeunes Arméniens, il semblait que cette caresse donnée avec la grâce confiante du premier âge par les fils des opprimés, et reçue avec une bonté paternelle par l'ambassadeur de la nation naguère oppressive, devînt le baiser de paix, le gage de cet avenir où il y aura, au lieu de persécuteurs et de victimes, des frères unis dans l'amour du Christ rédempteur.

D'autres fois, c'était un évêque arménien qui présidait à cette réunion : Mgr Hassoun, le futur pacificateur des troubles de l'Église arménienne, et qui est aujourd'hui cardinal ; Mgr Hurmuz, le si affable et regretté abbé général des Mékhitaristes. Il arrivait aussi que le fauteuil du président fût occupé par un membre de l'Institut : M. Reinaud, M. Giraud. La génération qui m'a précédée, avait entendu dans des solennités analogues un grand poète, M. de Lamartine (1); un éloquent orateur, M. l'abbé Bautain.

Pendant les jours gras, les élèves du collège Moorat se livraient à des exercices dramatiques auxquels étaient conviés les amis de la maison, et qui avaient lieu sur un théâtre improvisé dans une salle d'études. Je vis ainsi nos jeunes acteurs interpréter une tragédie

(1) La distribution de prix à laquelle parla M. de Lamartine, était en même temps l'inauguration du collège.

composée en arménien par le R. P. Minos, l'aumônier de la maison, le chef spirituel que sa couronne de cheveux blancs rendait deux fois vénérable. Revêtus des costumes locaux et historiques que comportaient leurs rôles, ils mettaient dans leur jeu une profondeur d'accent, une chaleur d'expression vraiment viriles. Nous voyions là un nouvel et frappant exemple de la précocité des jeunes Orientaux.

Dans les fêtes littéraires aussi bien que dans les solennités scolaires et les cérémonies religieuses du collège Moorat, un sentiment de mélancolie s'emparait de nos âmes à la pensée que les parents des intéressants élèves vivaient loin d'eux, sous le ciel de l'Orient, et ne pouvaient applaudir leurs enfants, les bénir ou prier avec eux. Mais cette impression de tristesse s'atténuait quand notre regard se reportait sur les religieux auxquels étaient confiés les jeunes étrangers. Ces savants bénédictins (1), qui, d'après le témoignage des juges les plus compétents, déploient dans leurs livres cette érudition sûre, cette méthode critique, si rares chez les écrivains de l'Asie; ces prêtres dont l'extérieur grave et noble rappelle la dignité patriarcale, savent, dans leurs rapports avec leurs élèves, unir à la direction virile du père... l'exquise tendresse de la mère!

Une fois par an, les bons Pères offraient aux amis de leur maison une brillante soirée musicale, qui avait lieu dans les grands salons de l'hôtel. Les lustres étincelaient de lumières, le jardin était éclairé *a giorno* par les soins des élèves. Rien de plus curieux que ces réunions, où l'on voyait circuler des évêques, des membres de l'Institut, des Turcs coiffés du fez, des hommes du monde, des femmes gracieusement parées. La robe montante était naturellement de rigueur; mais la coquetterie n'y perdait rien : les dentelles, la blanche mousseline, les fleurs et les diamants dissimulaient l'austérité des robes noires traînantes. Belles et impassibles comme des statues antiques, les Arméniennes luttaient d'élégance avec les Françaises, moins belles assurément, mais plus vivantes.

Dans l'une de ces soirées, j'eus l'honneur d'être présentée à l'archevêque de Babylone, Mgr Trioche. Selon la coutume orientale de la maison, je dus fléchir le genou, ce qui me paraissait étrange sous les feux des lustres et sous les regards d'une assemblée mondaine. Le

(1) Les Mékhitaristes sont soumis à la règle de Saint-Benoît, substituée par leur fondateur à celle de Saint-Antoine.

vénérable prélat me bénit, me fit asseoir près de lui et me parla du long séjour qu'il avait fait dans son diocèse chaldéen : trente-cinq années! Français de naissance, l'infatigable apôtre avait regretté la patrie absente, et je n'oublierai jamais l'accent avec lequel l'archevêque de Babylone me disait : *Super flumina Babylonis, illic sedimus, et flevimus, cum recordaremur Sion.* « Au bord des fleuves de Babylone, nous nous sommes assis et nous avons pleuré en nous souvenant de Sion. »

Depuis, l'excellent archevêque vint quelquefois chez mes parents, ainsi qu'un prélat maronite que nous avions rencontré dans la même soirée au collège arménien, Mgr Nemat Allah Dahdah, aujourd'hui archevêque de Damas. Vous avez connu sa famille, chère comtesse, et c'est vous qui m'avez appris que sa nièce, renonçant au prestige d'une existence princière, avait offert à Dieu, dans un cloître, sa vivante jeunesse, sa grâce, son esprit si juste et si cultivé.

Pendant cette soirée du collège arménien, je parlais au prélat maronite de son illustre compatriote, Joseph Karam, le héros du Liban, qui avait reçu, chez la tant regrettée marquise de Saffray, nos ovations enthousiastes et le poétique hommage de la noble et spirituelle maîtresse de la maison. Mgr Nemat Allah Dahdah était précisément l'ami de Karam. Lorsque le jeune héros fut expulsé du Liban, ce fut ce prélat qui, pour prévenir l'exaspération populaire, dut accompagner l'exilé jusqu'à Beyrouth. L'évêque me racontait que sur le passage de celui auquel les Maronites attribuaient un caractère surnaturel, les villes, les villages devenaient déserts : les populations suivaient le héros. Quand Joseph Karam et son vénérable ami arrivèrent à Beyrouth, quatorze mille hommes les escortaient! En rappelant le rôle généreux de la France dans les événements de Syrie, Mgr Nemat Allah Dahdah me parla de notre cher pays avec un accent bien digne de vibrer dans l'ancienne demeure d'une Condé. « La France, me disait-il, est trois fois notre mère : d'abord, comme protectrice du catholicisme en Orient; puis, comme libératrice de la Syrie en 1860; enfin comme notre mère patrie : car, pendant les croisades, bien des seigneurs français sont restés dans le Liban et s'y sont mariés. Aussi retrouveriez-vous aujourd'hui dans nos montagnes la fidèle miniature de votre société féodale. »

C'étaient toujours des paroles bien douces à mon cœur de Française que j'entendais dans cette maison. Par une belle soirée de juillet 1870, nous étions assis sous les ombrages du jardin, près du bassin de rocaille, avec les directeurs de la maison, le P. Hémajach Babighian, et le P. Grégoris Mergian, tous deux si bons, si hospitaliers, si savants (1), et si pénétrés de la tolérance évangélique. On causa de la guerre qui venait d'être déclarée. En rappelant l'intérêt que la reine Augusta avait accordé à mes modestes travaux et les admirables lettres que cette noble et intelligente princesse m'avait écrites pour m'encourager à les poursuivre, je disais à nos vénérés voisins que mon patriotisme m'obligeait de faire contre le pays de cette souveraine des vœux d'autant plus ardents, que si jamais la fortune des combats nous devenait contraire, une fille des vaincus ne pourrait plus rappeler son nom à la royale épouse du vainqueur.

A cette dernière crainte, les religieux arméniens, tout pénétrés encore de notre grandeur nationale, me demandèrent comment je pouvais même admettre la possibilité que la France ne fût pas victorieuse. Un Père récemment arrivé de Constantinople me parla de notre pays avec un enthousiasme dont je fus heureuse et fière. Émerveillée de la facilité avec laquelle s'exprimait en français cet Oriental qui n'avait jamais séjourné parmi nous, je venais de confesser qu'il nous serait moins facile d'employer les idiomes asiatiques, et le religieux arménien m'avait répondu avec feu : « Et quel besoin ont les Français de connaître les langues étrangères? Votre langue est la langue universelle. Vous la retrouvez partout, et c'est là votre gloire ! »

Quel prestige avait encore notre patrie à cette époque! Et ce fut alors que la France tomba... Je ne devais plus revoir le P. Hémajach, qui, au bruit de nos premiers désastres, fut obligé de quitter Paris avec les enfants confiés à la maison.

J'ai détaché des notes inédites que j'écrivais pendant le siège les souvenirs de cette dernière soirée passée chez les Mékhitaristes. Je retrouve plus loin les impressions suivantes.

« 27 novembre. Nous nous sommes rendus au collège arménien... Le Père *** est resté, ainsi que le moine qui nous exprimait de si vives sympathies françaises, et qui, de passage à Paris au moment de la guerre, s'est courageusement enfermé dans notre ville bloquée.

(1) Le P. Hemajach Babighian a composé des traités d'algèbre et de géométrie; le P. Grégoris Mergian s'occupait de travaux philologiques.

« Le Père *** aurait pu, comme étranger, se dérober à nos charges municipales; il ne l'a pas voulu. N'ayant pas le personnel nécessaire pour l'établissement d'une ambulance, il abrite quatre familles de campagnards réfugiés.

« Nous avons parlé de notre France, qui, pour lui ainsi que pour ses collègues, est une patrie adoptive. Notre pensée, franchissant le temps, s'est portée vers cet avenir, prochain, espérons-le, où notre pays reprendra sa vie normale. Comme j'entretenais le Père *** du travail que je viens de consacrer au rôle de la religion dans l'ensei-seignement, il m'a dit qu'il aimerait à ce que le catholicisme fût considéré aujourd'hui sous un aspect qui n'est peut-être pas assez connu.

« L'Europe, nous disait le Père ***, l'Europe domine en Orient par trois religions. La Russie y représente la religion grecque; l'Angleterre, le protestantisme. Jusqu'à ce jour la France y a régné par le catholicisme. Si vous renoncez à cette force, vous perdrez votre suprématie en Orient; et une autre nation catholique, l'Italie, réunie un jour à la Papauté, s'emparera de la puissance que vous aurez laissé échapper.

« Cette idée m'a d'autant plus frappée, que celui qui l'énonçait, unit à une parfaite connaissance de l'Orient et de l'Italie le jugement le plus sûr. »

Ces lignes ont été écrites il y a onze ans. Qu'elles seraient utiles à méditer aujourd'hui !

Onze ans ! Et les religieux et les élèves qui étaient partis ne sont pas revenus, et les Pères qui gardaient la maison sont partis, eux aussi ! Pour ramener à Paris les enfants confiés à leur sollicitude, les Mékhitaristes attendent que la sécurité soit rendue à la France... Quand reviendront-ils?

IV

L'ÉVÊQUE D'ORLÉANS

Et maintenant il faut nommer le grand et à jamais regretté évêque qui, dans les derniers temps de sa vie, occupait quelquefois au collège arménien l'appartement de l'abbé général des Mékhitaristes.

Une même pensée de filiale douleur nous unissait, chère comtesse, au moment où, me conduisant dans deux chambres du premier étage, vous me disiez avec émotion : « Les chambres de l'Évêque d'Orléans... »

Vous me montriez l'endroit où, devant un crucifix attribué à Philippe de Champaigne, l'Évêque disait sa messe. La messe de l'Évêque d'Orléans! Qui, après l'avoir entendue, pourra jamais l'oublier? Quelle profondeur d'accent! quel religieux tremblement dans ces paroles, prononcées à voix basse, et qui semblaient la respiration même de l'âme en Dieu! Quelle humilité, mais aussi quelle grandeur dans cette attitude du pontife devant le Dieu du tabernacle! Quelle majesté dans cet anéantissement de la gloire humaine aux pieds de l'Éternel! Oui, lorsqu'il disait : *Introibo ad altare Dei*, il s'approchait réellement de l'autel du Seigneur et nous en faisait approcher avec lui...

Quand je vis pour la première fois l'Évêque d'Orléans, — c'était en 1864, — il avait son pied-à-terre chez les Bénédictines de la rue de Monsieur. Ici et là son souvenir devait se joindre à celui de Mlle de Condé. Ici et là il travaillait à la défense de l'Église, au bien des âmes, au relèvement de la France. Si, au collège arménien, il goûta les saints triomphes du bon combat, il en connut aussi les amères tristesses...

Mais pour nous, enfants de l'Évêque d'Orléans, cette maison nous rappelle d'autres souvenirs encore. Je l'écrivais récemment à cette même place : « Mgr Dupanloup n'a réellement été connu que de ceux qui ont pu approcher son cœur. Que d'autres élèvent en lui, au-dessus de tout, le champion des grandes luttes; qu'ils se le représentent toujours armé, foudroyant comme l'archange des combats, soit : ce fut là un des grands traits de sa physionomie, mais non pas le côté dominant. Pour nous, notre évêque fut surtout le père de nos âmes; il le fut par une autorité qui était à la fois celle du génie et celle de la sainteté; mais il le fut surtout par cette rayonnante tendresse, par cette infinie bonté que n'ont guère connue ceux qui ne savent appeler Mgr Dupanloup que le fougueux prélat, l'intrépide lutteur (1) ». Cette mansuétude apparaissait surtout dans les dernières années de sa vie, alors qu'une ineffable douceur tempérait l'éclat de son regard, et que, dans l'athlète du Seigneur, nous chérissions, sous son auréole de cheveux blancs, le meilleur et le plus tendre des pères. Tel le vit cet hôtel de Condé, d'où il sortait pour répandre, dans nos voisines

(1) *Revue du Monde catholique*, 15 février 1882, *la Femme chrétienne*, étude sur les *Conférences* adressées par Mgr Dupanloup *aux femmes chrétiennes*, et publiées par son fidèle ami, l'éminent abbé Lagrange. Paris, Douniol, 1881.

demeures, ses paternelles bénédictions : temps heureux que celui où je marquais, d'une petite croix épiscopale, le fauteuil qu'il occupait dans le salon de ma mère! Ils ne reviendront plus ces jours bénis. Mais, du moins, chère comtesse, c'est pour moi une consolation de penser que ce pieux et cher souvenir de la rue de Monsieur est sous la garde de votre filiale vénération. Qu'il eût été pénible de voir occuper ces chambres par des personnes indifférentes, ou hostiles peut-être, à cette grande mémoire! Est-il une impression plus poignante que de savoir qu'une maison où a passé quelqu'un que nous avons aimé et pleuré, est habitée par des étrangers qui ne partagent pas nos regrets?

V

LA STATUE DE LA CHARITÉ

Une statue, placée dans le vestibule d'honneur, et qui surgit au milieu des palmiers et des massifs de fleurs, est le premier objet qui, depuis quelques jours, attire nos regards lorsque nous pénétrons dans l'hôtel de la rue de Monsieur.

Taillée dans le marbre par le ciseau magistral de M. Guillaume, cette statue a nom *la Charité*.

J'ai entendu dire au grand artiste qui a créé cette œuvre une parole que j'ose répéter, au risque d'une indiscrétion : « La charité est devenue une vertu *humaine* depuis qu'elle a été *divinement* enseignée. C'est ce caractère que j'ai cherché à faire prédominer dans mon œuvre, puisque celle-ci était destinée, non à la maison de Dieu, mais à une demeure particulière. J'aurais eu à concevoir un autre idéal pour une église. »

Cette charité *humaine*, qui porte au front sa *divine* origine, se personnifie admirablement dans la statue de M. Guillaume. Comme vous le disiez si bien, chère comtesse, cette statue unit la pureté de l'art grec à l'expression de l'art chrétien. Oui, l'art hellénique apparaît dans les lignes exquises du visage, dans l'harmonieuse proportion de ces formes plastiques que de merveilleuses draperies dessinent en les voilant. Mais c'est l'art chrétien qui a donné à cette statue la chasteté, et qui lui a insufflé la vie de l'âme, cette vie qui s'appelle ici la Charité!

Assise, allaitant un enfant, la *Charité* de M. Guillaume nous apparaît dans le recueillement de sa mission. La gravité sereine est ce qui nous frappe tout d'abord en elle. Mais plus on la contemple, plus une tendresse aussi profonde que contenue se lit dans sa noble physionomie. Ce n'est plus la Charité dans l'émotion enthousiaste d'un élan passager : c'est la Charité dans son action constante; c'est la Charité qui, tout en allaitant un enfant, en voit deux autres qui s'appuient sur elle. L'un semble déjà avoir reçu la divine nourriture, et, radieux, il aspire la vie à laquelle il a été rendu. L'autre paraît attendre encore le lait qui va apaiser sa faim; il penche, avec une adorable expression, sa petite tête attristée; mais bientôt il sera attiré sur le sein maternel de la Charité, et, au pli soucieux de ses petites lèvres, succédera le rayonnant sourire de son compagnon. Ne me suis-je pas trompée en cherchant ce symbole dans une œuvre d'art qui fait rêver comme un poème?

Bientôt la Foi et l'Espérance rejoindront leur sœur dans sa princière résidence. Par une touchante pensée, le noble maître de la maison a voulu que l'Espérance fût représentée avec les traits aimés sous lesquels elle rayonne doucement sur sa vie.

La place des trois vertus théologales était marquée dans une demeure où ont tour à tour passé Mlle de Condé, la Vénérable mère Barat et les novices du Sacré-Cœur, les PP. Mékhitaristes, l'Évêque d'Orléans! Mais, chère comtesse, il était digne de vous et de M. de Chambrun de vouloir que la plus grande des trois vertus théologales, la Charité, entrât la première dans une maison où tant de saintes âmes l'avaient déjà fait vivre et où vous la ramenez. J'aime à me souvenir en ce moment de ces paroles liturgiques : *Maneant in vobis fides, spes, charitas, tria hæc : major horum est charitas..... Ubi charitas et amor, Deus ibi est* (1). « Que ces trois vertus, la foi, l'espérance et la charité, habitent en vous; mais la charité est la plus grande des trois..... Où est la charité et l'amour, là est Dieu! »

Il était juste que, dans la demeure que nous venons de visiter, la Charité fût en même temps une œuvre d'art qui rappelât que les nouveaux possesseurs de l'hôtel ne séparent pas de la pratique du bien le culte du beau.

Octobre 1881.

(1) Saint Paul, I. *Cor.*, XIII, 13; Office du Jeudi saint, au lavement des pieds.

PARIS. — E. DE SOYE ET FILS, IMPRIMEURS, 5, PLACE DU PANTHÉON.

www.ingramcontent.com/pod-product-compliance
Ingram Content Group UK Ltd.
Pitfield, Milton Keynes, MK11 3LW, UK
UKHW020450220726
13923UKWH00005B/2443